Un Noël noir et blanc

Hélène Kérillis

sur les traces
de Claude Monet

Réunion des Musées Nationaux

MAGNARD

QUE D'HISTOIRES !

C'est le soir.

Assise par terre devant la cheminée,
Camille s'inquiète.
Son vieux chien Sasko a disparu.
Il a dû partir loin, très loin dans la forêt.
D'habitude, il rentre bien avant la nuit.
Mais il a tant neigé !
On ne reconnaît pas le jardin.

Comment Sasko pourra-t-il s'y retrouver dans toute cette inhabituelle blancheur ?

Camille n'y tient plus.
Elle prend son manteau
et ses bottes dans l'entrée.
Pendant que son frère et ses parents
s'affairent autour du sapin,
elle se glisse dehors
par la porte de derrière.
Le soleil qui descend
pose sur la neige des reflets dorés.

Il faut faire vite.
Bientôt, il fera nuit.

Camille pousse le portillon du jardin
et s'enfonce dans la forêt.
Au début, elle marche vite
sur le chemin qu'elle connaît.

Camille cherche entre les branches basses
où les ombres se tiennent tapies.
De temps en temps, elle s'arrête.
Elle appelle :
« Sasko ! »

L'air fait un halo en sortant de sa bouche.
La forêt avale le cri de Camille,
et se referme, muette.
Camille ne reconnaît plus rien, maintenant.
Mais elle avance encore.
Chaque pas me rapproche de Sasko, se dit-elle.
Mais chaque pas l'égare un peu plus.

À la fin, elle s'arrête, à bout de forces.
Elle appelle encore :
« Sasko ! »
Soudain, un gémissement lui répond.
Le vieux chien est là,
couché dans la neige, mourant.
Camille tombe à côté de lui
et passe ses bras autour de son cou,
tandis que la nuit descend sur la forêt.

Quelqu'un s'est approché dans la neige.
Il a pris dans ses bras Camille et Sasko.
Il a déposé sa charge sur son véhicule
et il a repris sa route.

Camille rêve qu'elle s'envole dans la nuit.
Elle parcourt le ciel, bercée par l'air.
Parfois, elle entrouvre les yeux.

Elle distingue dans son rêve
de grandes arabesques
de lumières cousues sur la nuit,
les grandes villes où vivent les hommes,
ou bien les tout petits points lumineux
des maisons perdues dans la forêt.
Le voyage continue avec des arrêts
à chaque lumière,
jusqu'à ce que le soleil efface la nuit.

C'est une longue immobilité
qui réveille Camille.
Elle a dormi tout habillée.
Au pied de son lit, ses bottes font
une flaque d'eau un peu sale.
Sasko n'est pas là.

Camille court à la fenêtre.
Le jardin et la forêt brillent
dans la lumière du matin.
Peut-être le vieux chien est-il dehors ?

Sur le portillon de bois,
un oiseau est perché.
Lorsque Camille s'approche,
il ne s'envole pas.
La petite fille regarde
la tête couverte de noir,
le ventre blanc, la longue queue.

C'est une pie.

Elle penche la tête de côté et dit à Camille :
« Viens plus près… J'ai un message pour toi.
Regarde ces traces de pas dans la neige.
Il est venu cette nuit,
avec du bleu sous ses semelles.
Il vous a trouvés dans la neige,
Sasko et toi, et il t'a ramenée à la maison.
— Qui m'a ramenée ? Où est Sasko ? »

La pie penche encore la tête et dit :
« Regarde ces traces bleues :
c'est un peu du ciel qui s'est déposé sur la neige
quand il a atterri avec son traîneau.
— Qui ?
— Le bonhomme Noël.
C'est lui qui t'a ramenée.
Mais pas ton vieux chien… »

Camille a de la peine à retenir ses larmes.

La pie dit encore à Camille :
« Regarde le piquet de la haie :
c'est là qu'il a attaché ses rennes.
Le matin arrivait, ils avaient hâte de repartir,
ils ont tiré sur leurs liens.
Sasko n'avait plus rien à faire sur la terre.
Alors, le bonhomme Noël a emporté
ton vieux chien avec lui.
Il voulait que je te le dise ce matin... »

À travers ses larmes,
Camille voit la neige éblouissante de lumière
et dans son cœur un Noël tout noir.
Elle comprend que Sasko ne sera
jamais plus avec elle.

La pie dit encore :
« Regarde-moi, Camille.
Tu auras toujours un peu de noir
dans le cœur à Noël,
comme j'ai du noir sur la tête.
Mais ne laisse pas ce noir t'envahir...

... Désormais,
quand il neigera à Noël,
tu sauras que le bonhomme Noël
et Sasko pensent à toi,
et t'envoient du ciel
une pluie de baisers blancs,
des milliers de baisers blancs
pour te réchauffer le cœur. »

Claude Monet

La Pie

Claude Monet

C'est l'oiseau perché sur la barrière
qui a donné son titre au tableau.

L'artiste qui a peint cette œuvre
a vécu en France de 1840 à 1926.
Sa femme s'appelait Camille.

Ce paysage de neige a été peint
sur une toile de format 0,89 m sur 1,50 m.
La signature de l'artiste est visible
en bas à droite de la toile.

Pour voir le tableau,
il faut aller au Musée d'Orsay, à Paris.

« Que d'histoires ! CE2 »,
animée par Françoise Guillaumond.

20 rue Berbier du Mets - 75013 Paris

49, rue Etienne Marcel - 75039 Paris cedex 01
JA 10 4697

Loi n° 49-956 du 16-07-1949 sur les publications destinées à la jeunesse.

Photogravure : Atelier Fossard
Conception graphique : Julie Pauwels
Crédits photographiques
Photo RMN - Gérard Blot
Dépôt légal : mars 2004 - N°d'éditeur : 2005/010
Achevé d'imprimer en janvier 2005 par Pollina s.a., 85400 Luçon - n° L95490